Djihad

Moi Ismaël, un musulman d'ici, Librio n° 1201

Ismaël Saidi

Djihad

Prologue

Devant la télévision, j'essayais de mettre en place mes idées, tout en regardant le plan de travail du film que j'étais sur le point de réaliser, quand je l'ai vue.

Son visage d'ange, son sourire sympathique : elle, c'est Marine Le Pen, à qui on demandait ce qu'elle pensait des départs en Syrie.

« Ça ne me dérange pas qu'ils partent tant qu'il ne reviennent pas ». Cette phrase m'a frappé au visage. De qui parle-t-elle ? De ces jeunes au même visage que moi ? Ils pourraient être moi ! Pire, ils pourraient être... je regardais mon fils qui dormait à côté de moi.

Ça pourrait être lui...

J'ai soulevé l'écran de mon ordinateur portable et les premières lignes ont « fusé ». Une histoire était en train de naître : Ben, Reda, Ismaël, Michel étaient en train de prendre vie, sous mes doigts.

Il fallait raconter leur histoire, il faut qu'on sache qui ils sont, qui ils auraient pu être, qui ils sont devenus...

Le texte fini, il fallait monter le spectacle. J'ai tout arrêté, les films, les projets, les vacances, tout ! Cette histoire devait vivre, devait être vue.

Les théâtres ont dit non ? Pas grave, on trouvera une salle.

Pas de lieu pour les répétitions ? Pas grave, Ben nous prête son local.

Pas d'argent pour les costumes ? Pas grave, on va vider nos armoires.

Pas d'argent pour payer les comédiens ? On le fera gratuitement.

On veut apposer des affiches dans le métro ? On nous répond : « changez le titre ! »

Jamais ! L'enfant s'appellera « Djihad » ou ne s'appellera pas.

On va y arriver, on va rire ensemble, on va pleurer ensemble. Il le faut, il y a urgence…

Je dois le faire !

Enfin, le soir de la première est là. On ose à peine se parler, on a répété dur et là, la salle est comble. Vont-ils comprendre ? Vont-ils rire ?

Vont-ils les aimer, mes personnages, comme moi je les aime ? Vont-ils les prendre dans leurs bras, pleurer pour eux, panser leurs blessures ?

Vont-ils aimer toute cette génération qui ne demande que ça, être aimée ?

À l'heure où j'écris ces lignes, ils ont été plus de 40 000[1] en Belgique francophone à les aimer, à pleurer avec eux, à les prendre dans leurs bras… à nous aimer à travers eux.

« Djihad » est devenu un phénomène, le genre de phénomène qui vous dépasse. Des centaines de débats ont eu lieu où des êtres humains se sont rencontrés, se sont parlé, se sont aimés.

J'ai vu des murs tomber, des brèches fissurer les armures de nos certitudes. J'ai vu le dialogue reprendre, la confiance s'installer et l'amour naître là où il avait disparu.

Cette pièce porte bien son nom, finalement. Ce nom dont personne n'a voulu, ce nom dont tout le monde a peur, ce nom qui aujourd'hui encore fait frémir à l'heure du dîner devant les informations…

---

1. Plus de 100 000 personnes en Belgique et en France, dont 65 000 élèves, au moment où ce livre est imprimé (note de l'éditeur).

Parce que le « Djihad », c'est se battre pour un monde meilleur, cette pièce est mon « Djihad », notre « Djihad ».

Bienvenue dans ce combat contre l'obscurité dont nous sommes tous les preux chevaliers...

Bienvenue dans un monde où la différence laisse la place au dénominateur commun.

Bienvenue dans « Djihad ».

Ismaël Saidi

Note de l'auteur pour l'édition Librio, mai 2017

105 000 !

Un chiffre qui donne le tournis quand on parle d'un spectacle qui ne devait tenir que cinq soirs. Depuis deux ans et demi, je passe de scène en scène, de ville en ville, de pays en pays pour raconter l'histoire de mes trois gars, Ben, Reda et Ismaël, de leur parcours, de leur amertume, de leur douleur, mais aussi de leur passion, de leur rêve et de leur rencontre avec Michel.

J'ai traversé la France du nord au sud, d'est en ouest, et les réactions des différents publics étaient à chaque fois tellement chaleureuses, tellement bienveillantes...

Que de rires partagés, que de larmes séchées, que de souvenirs échangés, que d'amour partagé.

Des milliers de questions : c'est quoi le Djihad, pourquoi ? Peut-on dessiner ? Peut-on chanter ? Peut-on aimer...

Des milliers de réponses données par des islamologues, des journalistes, des spécialistes et... un auteur.

Aujourd'hui, « Djihad » est devenu plus qu'une pièce, c'est devenu un outil pour essayer de comprendre à travers le rire et les larmes ; le texte ne m'appartient plus, depuis si longtemps déjà… Le texte vous appartient, à vous, cher lecteur, vous qui allez voyager avec trois gars de chez vous jusqu'au bout d'eux-mêmes…

Vous qui allez découvrir ce que la rupture identitaire, le fossé entre les gens peut engendrer comme drames et tristesses.

L'histoire de Ben, Reda, Michel et Ismaël est la vôtre aujourd'hui, à vous de décider de ce que vous allez en faire…

Quel avenir pour eux, pour vous, pour nous ?

Je suis tenté de vous dire que l'avenir se trouve dans les livres… Mais ça, c'est une autre histoire…

Je vous souhaite un merveilleux « Djihad » à tous.

À bientôt.

Ismaël Saidi

DJIHAD

« Je ne défends pas ceux qui trahissent leur religion en commettant des crimes, je défends nos compatriotes qui n'y sont pour rien et qui sont en même temps stigmatisés ou oubliés. »

Edwy Plenel

TABLEAU 1 :
LE PARC JOSAPHAT

La scène : un banc.

Ben entre sur scène. Il tient un chapelet. Il regarde le public.

BEN. – Salam Alaykoum Wa Rahmatoulah.

Ben s'installe sur le banc. Il manipule son chapelet. Ismaël arrive et s'installe sur le banc.

ISMAËL. – Ça va ?

BEN. – Salam Alaykoum Wa Rahmatoulah.

ISMAËL. – Ouais, Salam. Alors, tu l'as vendue ta voiture ?

BEN. – Non.

ISMAËL. – Ben attends, faut la vendre sinon comment tu veux qu'on parte ? Bon, faut absolument que tu la « fourgues » demain.

BEN. – In cha Allah.

ISMAËL. – Comment ça, In cha Allah ? T'as changé d'avis ?

BEN. – Pas du tout. Je la vendrai si Dieu le veut.

ISMAËL. – Oh, pas besoin de traduire. Tu sais très bien ce que ça veut dire chez nous, In cha Allah. Ça veut dire que tu vas pas le faire et que tu me fais espérer en remettant la faute sur Dieu.

BEN. – Ta foi est faible.

ISMAËL. – C'est mon portefeuille qui est faible, là. Et si on vend pas ta voiture, je ne pourrai pas payer les billets.

TABLEAU 1 : LE PARC JOSAPHAT   15

Reda arrive et s'installe près du groupe.

REDA. – Salam Alaykoum.

BEN. – Wa Alaykoum ou salam ou rahmatoulahou baraka-tahou wa...

ISMAËL. – Tu peux nous faire la version courte, c'est bon aussi.

BEN. – Ta foi est faible.

REDA. – Je trouve aussi.

BEN. Ah ouais ? En parlant de foie, toujours sobre ?

REDA. – Woulah j'ai plus repris depuis trois mois.

BEN. – Machallah. Je suis fier de toi, mon frère.

ISMAËL. – Attends, moi j'ai jamais bu de ma vie, t'es pas fier de moi ?

BEN. – Dieu aime celui qui se perd et puis revient vers lui.

ISMAËL. – Et celui qui s'est jamais perdu, lui, il peut aller se faire voir ?

BEN. – Arrête Ismaël, tu as très bien compris ce que je voulais dire.

Ben range son chapelet.

BEN *(vers Reda)*. – C'est en ordre ?

REDA. – Oui, j'ai récupéré les passeports. Et vous ? Les billets ?

ISMAËL. – Il a pas encore vendu sa voiture !

REDA. – Quoi ? Mais on part dans trois jours et les billets ne sont pas encore payés ?!

BEN. – Je m'en occuperai demain.

ISMAËL *(ironique)*. – In cha allah !

BEN. – Ah, ta foi reprend le dessus, c'est bien ! Bon, les gars, récapitulons. Vous n'avez parlé à personne de notre projet ?

ISMAËL. – Non !

REDA. – Non !

BEN. – Très bien, vous avez vu les vidéos d'entraînements ?

REDA. – Elles sont bidon tes vidéos d'entraînement. Moi, j'ai *Call of Duty* et ça me suffit. Je suis gradé trois étoiles et je suis le meilleur *sniper*. D'ailleurs, je peux diriger les opérations.

Ismaël. – C'est la vraie vie, ici, idiot ! Tu dirigeras que dalle sinon tu vas nous faire tuer.

Reda. – Ouais, c'est ça ! Moi, au moins, ma foi n'est pas faible.

Ismaël. – Vas-y, répète un peu !

Ben. – Mes frères, mes frères ! Arrêtez, vous ne devez pas vous battre entre vous. Gardez votre énergie pour…

Ben regarde autour de lui.

Ben. –… Pour qui vous savez. Reda, tu as fait l'inventaire ?

Reda. – Oui *(sortant une liste de sa poche)*. J'ai pensé à tout.

Ismaël. – Vas-y, « monsieur, je sais tout », y'a quoi dans ta liste ?

Reda. – Une tenue chacun, un kamiss, une chemise et un tarbouch.

Ismaël. – On va aller très loin avec ça.

Reda. – Attends, j'ai pas fini. Y'a aussi une trousse de toilette et… trois pierres.

Ben. – Des pierres ?!

Ismaël. – Il croit qu'on va en Palestine, l'autre con !

Reda. – Attends, et si on trouve pas d'eau, on fait comment pour faire nos ablutions ? Ben tu vois, j'ai pensé à tout. J'ai pris les pierres, au cas où y'aurait pas d'eau.

Ismaël. – Parce que c'est vrai que là où on va, des pierres, y'en a pas !

Reda. – He ben… c'est vrai que j'avais pas pensé à ça !

Ismaël. – *Call of duty* t'a grillé le cerveau.

Reda. – Hey ! Moi au moins je me suis occupé de la liste, et toi, t'as fait quoi ?

Ismaël. – Je me suis occupé des billets imbécile, sans billets, on part pas.

Ben. – Mes frères, arrêtez vos enfantillages ! Vous avez tous les deux fait du très bon travail. Reda, qu'est-ce qu'il y a dans la trousse de toilette ?

Reda. – Ah, tu vas être fier de moi. J'ai pensé à tout. Une

TABLEAU 1 : LE PARC JOSAPHAT 17

brosse à dents, un bâton de sawak, une savonnette, un tube de dentifrice…

ISMAËL. – Combien de millilitres ?

REDA. – Moins de 100.

ISMAËL. – OK, ça passera.

REDA. – Tu me prends pour un con ?

ISMAËL. – Je dois vraiment répondre ?

BEN *(excédé)*. – Continue !

REDA. – Un shampooing sec, des lames de rasoir, un déodorant, de la mousse.

ISMAËL. – Attends, répète ce que tu as dit ?

REDA. – De la mousse ?

ISMAËL. – Non, avant !

REDA. – Déodorant ?

ISMAËL. – Juste avant.

REDA. – Des lames de rasoir ?

ISMAËL. – On va rentrer avec ça dans l'avion ?

REDA. – …

ISMAËL. – Attends, je vais te faire un dessin : trois Arabes qui entrent avec des lames de rasoir dans un avion ça te rappelle rien ?

REDA. – Un épisode de *24 heures chrono* ? C'est pas celui où Jack Bauer a résisté à une bombe atomique ?

ISMAËL. – Bon là, le djihad, je vais le commencer ici, je crois.

BEN. – C'est bon, c'est bon. On retire les lames de rasoir de la trousse et tout est bon.

Un portable sonne.

BEN. – Allo ? Oui, la voiture ? Oui, c'est moi. Oui, c'est ça. Pas cher, pas cher. Elle a quasi jamais servi. Pardon ? Non, très peu de kilomètres, à peine 200 000. Ah bon ? Super, j'arrive tout de suite.

ISMAËL. – Alors ?

BEN. – La voiture est vendue. Je vais chercher l'argent demain. Donc, c'est réglé pour les billets.

ISMAËL. – Ah, ben, ça me rassure. Donc, billets OK. Passeports ?

REDA. – OK !

BEN. – Valises ?

REDA. – OK !

ISMAËL. – Mais le minimum, on achètera des fringues là-bas. Et l'argent ?

BEN. – OK. Je m'en suis occupé.

REDA. – Ah, j'ai hâte.

ISMAËL. – Moi aussi.

Reda frappe la main de Ben comme lors d'un cri de ralliement.

REDA. – YES !

Reda veut faire la même chose avec Ismaël.

REDA. – Yes…

Ismaël ne réagit pas et regarde Reda avec dédain.

REDA. – Ah vraiment, vivement qu'on puisse tuer quelques mécréants. D'ailleurs, je me posais une question, Ben.

BEN. – Dis-moi.

REDA. – Ça ressemble à quoi un mécréant, parce que dans *Call of Duty*, l'ennemi, ben, il nous ressemble plus à nous en fait.

BEN. – Le mécréant est un être fourbe, qui ressemble à tout le monde et qui se fond dans la masse pour mieux te sauter dessus quand il en a l'occasion.

ISMAËL. – Bref, c'est un flic en civil !

BEN. – Pas tout à fait, mais on peut dire que tu n'es pas loin.

REDA. – Mais s'il se fond dans la masse, comment on va le reconnaître ?

ISMAËL *(ironique)*. – Ben, t'as pas acheté le détecteur à mécréant, il était dans ta liste pourtant.

TABLEAU 1 : LE PARC JOSAPHAT   19

Reda prend sa liste.

REDA. – Ben non, il est pas dans ma liste. Merde, je savais que j'avais oublié un truc. Tu crois qu'on peut en trouver à l'aéroport ?

ISMAËL. – Toi mon vieux, t'es loin, franchement.

REDA. – Ah, je comprends, tu te foutais encore de ma gueule. Je vais finir par croire que tu m'aimes pas.

ISMAËL. – Bah…

REDA. – Je suis ton frère en Islam.

ISMAËL. – Ouais, on choisit pas sa famille…

REDA. – Ça veut dire quoi ça ?

ISMAËL. – Rien !

BEN. – Ça va, ça va, les gars ! Et surtout, n'oubliez pas, motus et bouche cousue.

REDA. – Ils viennent avec nous ? Mais t'as dit qu'on serait juste trois. J'ai pas assez de trousses de toilette, moi !

ISMAËL *(regarde Reda avec dégoût)*. – Je crois qu'on la tient, notre arme de destruction massive.

BEN. – C'est une expression, Reda.

REDA. – Ah, tu me rassures.

ISMAËL. – Bon, j'y vais.

Ismaël se lève.

ISMAËL. – T'oublies pas, Ben, pour la voiture ?

BEN. – Non, j'irai demain, comme prévu.

Ismaël s'éloigne puis revient.

ISMAËL. – Hey, t'as pas dit In cha Allah, là ?

REDA. – C'est parce qu'il est sûr d'y aller, maintenant !

Noir.

TABLEAU 2 :
L'AÉROPORT

La scène : à l'aéroport, dans la file d'attente de la sécurité.
Ben, Ismaël et Reda attendent d'être fouillés.

Ismaël. – Ça n'avance pas.

Reda. – T'es pressé qu'ils te fouillent ?

Ismaël. – Non, pas du tout.

Reda. – Ben alors ?!

Ismaël. – C'est juste que j'aime pas faire la file.

Ben. – Arrêtez de discuter vous deux, on va se faire remarquer.

Ismaël. – Tu portes du khôl, dans le genre ne pas se faire remarquer, j'ai déjà vu mieux.

Ben. – Je ne vais pas arrêter de suivre la tradition du prophète pour plaire aux mécréants.

Reda. – Non, mais tu peux la changer pour nous éviter la prison, par exemple.

Ben. – Je fais ce que je veux de mon corps.

Reda. – Hey, ça me rappelle une campagne contre le viol ! C'est vraiment bien que tu soutiennes les femmes dans leur combat.

Ben. – La ferme !

Ismaël. – Hey, regarde. T'as vu l'autre, là ?

Reda. – Qui ça ?

Ismaël. – Là, devant nous, la chinoise. Ça a sonné, ils veulent la fouiller, mais elle refuse.

TABLEAU 2 : L'AÉROPORT   21

BEN. – Elle a le droit de refuser qu'un homme la touche. En plus, t'as vu la taille du mec qui veut la fouiller, c'est pas digne et...

ISMAËL. – C'est une femme...

BEN. – C'est ce que je dis : cette pauvre femme a le droit d'être fouillée par...

ISMAËL. – Tu comprends pas. C'est une femme qui veut la fouiller.

BEN. – Quoi ?! L'énorme machin c'est...

ISMAËL. – Ouaip !

BEN. – Ben, disons qu'en cas d'extrême urgence, elle peut aussi demander à être fouillée par un homme.

REDA. – Hé ! T'as vu, ils lui ont fait une prise. Waouw ! Ils sont à quatre sur elle.

ISMAËL. – Elle doit sûrement cacher quelque chose dans son sac... Tiens, à propos de sac, tu as bien retiré les lames de rasoir ?

REDA. – Oui, oui, je les ai retirées. Pas de soucis.

ISMAËL. – Ah... parce que vu comme ils la traitent, y a pas intérêt que ça sonne quand on passe.

REDA. – T'es vraiment une poule mouillée, franchement. Arrête de paniquer, je les ai retirées, je te dis. Et comme je savais que tu paniquerais, je les ai toutes mises dans ma poche, voilà, t'es content ?

BEN. – Reda, tu as mis quoi dans ta poche, parce que j'ai pas trop compris, là.

REDA. – Ben les lames de rasoir. J'allais pas les jeter, ça coûte un pont et...

ISMAËL. – T'as des lames de rasoir dans ta poche, imbécile !

REDA. – Hey, m'insulte pas. J'ai des droits, moi aussi, et je refuse de...

ISMAËL. – Je vais le tuer.

BEN. – Chut ! Dis pas ça à voix haute, on va se faire remarquer. Reda, va près de la poubelle là-bas, et jette les lames.

REDA. – Mais enfin, Ben, comment on va faire pour se raser là-bas ?

BEN. – Là où on va, tu n'auras plus besoin de te raser.

Ismaël. – Quand je t'aurai tué, je t'assure que tu n'auras plus besoin de te raser.

Reda. – Oh ! ça va ! Vous êtes vraiment chiants.

Reda s'éloigne et jette les lames.

Ismaël. – Ce mec va nous faire arrêter, rappelle-moi pourquoi on l'a pris avec nous déjà ?

Ben. – Parce qu'il a la foi et qu'il a le droit à son djihad tout comme nous.

Silence. Ismaël regarde Ben, incrédule.

Ben. – Et puis, parce que c'est son oncle qui s'est occupé des passeports.

Ismaël. – Je me disais aussi !

Reda. – Bon, voilà, vous êtes contents, j'ai plus rien dans les poches.

Ismaël. – Avance, c'est à ton tour.

Reda se fait fouiller.

Reda. – Pardon ? (vers le douanier fictif) Oui, monsieur. Non, je n'ai rien dans les poches, justement je viens de jeter…

Ismaël. – Sa bouteille ! Il vient de jeter sa bouteille d'eau dans la poubelle. *(Vers Reda)* Al Hmar ! Pardon ? Oui, monsieur, oui, en français ou en néerlandais. C'est son prénom, monsieur. Je l'appelais par son prénom. Il s'appelle Al Hmar.

Ben. – Avance Ismaël, c'est à ton tour.

Ismaël se fait fouiller à son tour.

Ismaël. – Oui monsieur. Hein ? Non rien dans les poches, mais tout dans la tête… Ah ah ah… Quoi ? Non, je n'ai rien caché dans mon crâne, c'est une expression monsieur et… Quoi ? Vous n'êtes pas payé pour comprendre les expressions… Ah ben même s'ils vous payaient je crois que… Quoi ? Oui, je la ferme, je la ferme. Je me laisse fouiller en silence.

TABLEAU 2 : L'AÉROPORT 23

Ismaël avance. C'est au tour de Ben.

BEN. – Voilà, fouillez-moi, monsieur. Comment ? Est-ce que j'ai une ceinture ? Non, je n'ai pas de ceinture ! Quoi ? Qu'est-ce que j'ai mis sur mes yeux ? Du khôl. Pardon ? Non, je n'ai pas bu d'alcool, c'est du khôl, en plus je suis musulman et… et… oui, d'accord, je la ferme, mais j'ai des droits, monsieur. Pardon, le droit de fermer ma gueule ? Ça aussi !

Ben passe le contrôle.

REDA. – Ben voilà, ça s'est bien passé, non ?

BEN. – Mouais ! Quel manque de respect.

ISMAËL. – Bon, c'est quelle porte d'embarquement ?

REDA. – B67.

ISMAËL. – On a encore une heure avant l'embarquement, on prend un verre avant ?

REDA. – Ah, volontiers !

ISMAËL. – Hey, je parle d'un verre de coca ou de thé, entendons-nous bien, OK ?

REDA. – Oui, oui. Pourquoi tu pensais à quoi ?

BEN. – Alors, on a un stop à Istanbul.

REDA. – Waouw ! Vraiment, j'ai toujours rêvé de voir la Mosquée Bleue, le Bosphore…

ISMAËL. – Hey, on ne va pas faire du tourisme.

REDA. – Mais on peut en profiter un peu, non ?

BEN. – Non, de toute manière, on n'a pas le temps. Le stop, c'est juste pour brouiller les pistes. De là, on prend la voiture et on se dirige vers Kilis.

REDA. – T'as réservé un *All-Inn* au moins ? Parce que c'est moins cher que de prendre la demi-pension et on mange mieux.

ISMAËL. – Ben, t'es sûr qu'on a pas le droit de le tuer ?

BEN. – Certain. C'est notre frère.

ISMAËL. – Et si on ferme les yeux et qu'on le fait pas exprès ?

BEN. – Ismaël !!!

ISMAËL. – Ça va, ça va ! Je le toucherai pas.

BEN. – Après ça, on passe la frontière et les frères nous attendront pour nous emmener au camp.

ISMAËL. – Bon, réveillez-moi quand ils appelleront pour le départ.

Ismaël place des écouteurs dans ses oreilles.

BEN. – Qu'est-ce que tu fais ?

ISMAËL. – Ben, je vais m'assoupir.

BEN. – Tu vas écouter de la musique ?

ISMAËL. – Ben, c'est mieux que d'entendre les conneries de l'autre idiot.

REDA. – Eh ! Arrête de m'appeler « idiot ».

BEN. – Oui d'accord, mais tu ne vas quand même pas écouter de la musique.

ISMAËL. – Ben…

Ben fouille dans sa poche.

BEN. – Tiens, écoute ça.

Ismaël pose les écouteurs de Ben sur ses oreilles.

ISMAËL. – Aïe ! Baisse le son, c'est trop fort.

BEN. – Le son est au minimum.

ISMAËL. – Mais pourquoi il crie, alors ?

BEN. – Pour que tu comprennes mieux.

ISMAËL. – Attends deux secondes, il est en train de parler de corps qui vont rôtir en enfer, accrochés par leurs orteils ! C'est censé m'apaiser avant de prendre l'avion, ça ?

BEN. – Il faut que tu saches ce qui risque d'arriver à ceux qui n'ont pas la foi.

Ismaël retire les écouteurs.

ISMAËL. – Finalement, je ne vais plus dormir.

REDA. – Je vous ai pas dit les gars, mais c'est la première fois que je prends l'avion.

ISMAËL. – Ah ouais ?

TABLEAU 2 : L'AÉROPORT **25**

Reda. – Ouaip. Ça me fait bizarre.

Ben. – Bah, c'est rien d'exceptionnel. On te fouille à l'entrée, on t'attache, t'es chamboulé dans tous les sens, on te détache, t'es fouillé à la sortie puis on te jette dehors.

Reda. – Ah, c'est comme en prison, ça me rassure alors.

Ismaël. – Ça te rassure ?

Reda. – Ben ouais, au moins, c'est quelque chose que je connais.

Ismaël. – La prison ? Toi, la crevette, t'as fait de la prison ?

Reda. – Non, mais j'ai vu *Prison Break*, les quatre saisons, donc je suis un pro.

Ismaël *(vers Ben)*. – J'ai quelle place dans l'avion ?

Ben. – Pourquoi ?

Ismaël. – Comme ça !

Ben. – À côté de la sortie de secours.

Ismaël. – Hamdoulilah !

Voix. – Les passagers à destination d'Istanbul sont priés de se rendre à la porte B67 pour un embarquement immédiat.

Ismaël. – Voilà, c'est à nous.

Ismaël et Ben sortent de scène. Reda reste seul.

Reda. – Ça va me manquer ici, quand même.

Ismaël et Ben *(de derrière les rideaux)*. – Reda !!!

Reda. – J'arrive, j'arrive !

Noir.

TABLEAU 3 :
ISTANBUL

Devant la Mosquée Bleue.

REDA. – Je t'avais dit qu'elle était belle, la mosquée.

ISMAËL. – Bof. À Bruxelles, y'a mieux !

REDA. – Que la Mosquée Bleue ? À Bruxelles ? Où ça ?!

ISMAËL. – À Molenbeek.

REDA. – Y'a une coupole et des minarets ? C'est possible ça ?

ISMAËL. – À ton avis ?

REDA. – Oui, c'est vrai que c'est possible. J'ai entendu un jour quelqu'un dire que Molenbeek était en Afghanistan.

BEN. – Bon, surveillez bien la route. Une voiture jaune avec une ligne noire, c'est notre chauffeur.

ISMAËL. – Y'a combien de kilomètres jusqu'à Kilis ?

BEN. – 1 000 km, 12 heures de route.

ISMAËL. – On n'aurait pas pu y aller par avion ?

BEN. – Non !

REDA *(une carte dans les mains)*. – On peut faire un stop sur la route ? Si on s'arrête à Bodrum, y'a un concert de rock, on pourrait y aller ?

BEN. – De la musique ? Que Dieu nous protège du démon.

REDA. – Oh, ça va, Ben. Ne me dis pas que t'as jamais aimé la musique !

TABLEAU 3 : ISTANBUL   27

BEN. – Si, mais c'était avant, dans une autre vie.

REDA *(à Ismaël)*. – Bah moi, mon grand frère le connaissait bien, Ben, et il paraît qu'ils le surnommaient « Elvis ».

ISMAËL. – Pourquoi ça ?

REDA. – C'était son sosie.

Les deux s'approchent de Ben et le regardent puis se regardent.

REDA. – En même temps, au quartier, ils font des rapprochements un peu trop vite.

BEN. – Quoi ? Qu'est-ce que t'as dit ?

REDA. – Rien !

ISMAËL. – Si, il a dit que ton surnom, c'était « Elvis ».

REDA. – Balance !

ISMAËL. – Et t'as rien vu encore !

BEN *(un peu flatté quand même)*. – C'est vrai, j'ai eu mon époque.

Silence.

REDA. – Et quoi ? C'est fini maintenant ?

ISMAËL. – C'est vrai, je te verrais bien avec la chemise et la banane sur le front !

REDA. – T'avais une banane ?

BEN. – Jamais de la vie... enfin... plus depuis longtemps.

ISMAËL. – Attends, t'avais une coupe à la banane ? Parce que là, c'était juste une blague, mais je t'avoue que tu commences à me faire peur.

BEN. – Je vous ai dit que c'était une autre vie.

REDA. – Bah raconte, on a du temps à perdre.

Silence.

ISMAËL. – Pour une fois, je suis d'accord avec l'idiot, raconte.

REDA. – Hey, c'est qui l'idiot ?

ISMAËL *(montrant la scène)*. – C'est lui !

REDA. – Mouais....

BEN. – Eh bien, si vous voulez tout savoir...

28

Lumière tamisée. Ismaël et Reda s'assoient. Ben est debout, devant eux, seul sous la lumière.

BEN. – D'aussi loin que je me souvienne, j'ai toujours aimé le rock et Elvis a bercé mes nuits. Je connaissais ses chansons par cœur. Dès que j'ai eu l'âge de sortir, j'écumais les concerts et les bars où on pouvait chanter des chansons d'Elvis. Adolescent, j'ai travaillé dur comme étudiant pour amasser un maximum d'argent et pouvoir réaliser mon rêve.

REDA. – T'inscrire à la *Star Academy*.

ISMAËL. – Nan, il attendait qu'on t'inscrive à la *Hmar Academy* d'abord. Arrête de le couper. Continue, Ben.

BEN. – Partir vivre le rêve à… Graceland !

REDA. – Graceland ? Le magasin de jouets à Anderlecht ? C'est si cher que ça ?

ISMAËL. – C'est Dreamland ça idiot !

BEN. – Non, Graceland aux États-Unis. J'étais entouré de pèlerins qui comme moi voulaient toucher le rêve de près. On a passé des nuits à chanter, on a organisé des concours de sosies et on a fini le séjour en allant se recueillir sur sa tombe.

Silence.

BEN. – Et c'est là que l'horreur m'est tombée dessus, sans prévenir.
REDA. – Quoi ?
BEN. – Son vrai nom n'était pas Elvis, mais Elvis Aaron Presley.

Silence.

REDA. – Heu…

Silence.

REDA. – Ah oui… c'est grave…

Silence.

REDA. – Pourquoi en fait c'est grave ?
BEN. – Tu ne comprends pas ? Aaron ! C'est un nom de juif !
ISMAËL. – Oui ! C'est vrai ça !
BEN. – Tout ce temps et j'étais fan d'un juif !

TABLEAU 3 : ISTANBUL 29

REDA. – On ne peut pas en fait ?

BEN. – Un juif, Reda ! Les juifs veulent notre mort. Ils tirent les ficelles du monde pour que l'islam disparaisse.

ISMAËL. – C'est vrai ça ! Les sionistes dirigent le monde.

BEN. – Même le king leur appartient. Même la musique que j'écoutais était l'instrument du complot sioniste mondial.

REDA. – Je comprends rien à ce que tu dis.

BEN. – J'avais tellement honte de moi. Je suis revenu à Bruxelles et j'ai décidé de nettoyer mes péchés en allant tous les jours à la mosquée. D'autant que mon père n'a jamais accepté ma fascination pour Elvis. Je crois même qu'il avait un peu… honte de moi lorsque je m'habillais avant de partir pour un concert. J'ai mis alors toute mon énergie dans la prière et j'ai passé mon temps à la mosquée où j'ai appris le vrai sens de la vie. Et depuis, tout le monde me respecte dans le quartier. Alors quand l'imam m'a proposé d'aller aider nos frères en Syrie, j'ai accepté immédiatement. En Syrie aussi les sionistes dirigent le mal contre nous. C'est comme ça que je vais racheter mes péchés. On ne peut pas laisser nos frères mourir et ne rien faire. Je vais me battre pour les sauver et qui sait… mourir en martyr et alors peut-être… peut-être…

Silence. Ben se rassoit près des autres, lumière.

BEN. –… Peut-être qu'il sera fier de moi… papa…

Silence.

REDA. – Elle est triste, son histoire.

ISMAËL. – Y'a une voiture qui nous fait des appels de phares là-bas.

BEN. – C'est eux ! Allons-y.

Ismaël et Reda se lèvent et sortent de scène. Ben regarde le public.

BEN. –… Oui… tu vas être fier de moi, papa, fier de moi !

Ben sort de scène.

Noir.

TABLEAU 4 :
KILIS

Devant la citadelle de Ravendel.
Les trois amis arrivent sur scène.

BEN. – Bon, on passe la nuit ici et demain matin, on vient nous chercher pour notre destination finale.

REDA. – Destination finale ? Quoi, comme dans le film, ça veut dire que quoi qu'on fasse, on va mourir ici !

ISMAËL. – Heu… quand tu dis : passer la nuit ici, ça veut dire… *ici* ?

BEN. – Oui.

ISMAËL. – Genre, ici… ici…

BEN. – Qu'est-ce que tu veux dire ?

ISMAËL. – On n'a pas de tente, ni rien pour camper. Alors quoi ? On va dormir dehors ?

BEN. – C'est la guerre.

ISMAËL. – Oui, mais c'est pas la guerre ici, c'est la guerre là-bas. Donc, on n'est pas obligés de dormir dehors parce que c'est la guerre dans un autre pays !

REDA. – C'est très intelligent ce que tu viens de dire.

ISMAËL. – Ouais, ben j'espère que tu as enregistré, car je ne pourrais pas le répéter.

BEN. – On va dormir ici, de toute façon on n'a pas le choix. Et puis, c'est mieux pour ne pas se faire repérer.

TABLEAU 4 : KILIS 31

REDA. – Dormir dans la rue comme des gitans, c'est mieux pour ne pas se faire repérer ?!

BEN. – Heu... et bien...

ISMAËL. – Mouais, je vois que l'organisation, c'est pas ton fort.

BEN. – Ça veut dire quoi ça ?

ISMAËL. – Que t'aurais pu t'arranger pour qu'on ait un endroit où dormir.

BEN. – On part pour le djihad, dormir est le dernier de mes soucis.

ISMAËL. – Ah ouais ? Et quand tu seras devant l'ennemi et que tu tomberas de sommeil, hein ? Tu feras quoi ?

BEN. – J'avoue que je n'avais pas vu ça sous cet angle.

ISMAËL. – Donc, c'est ce que je disais, organisation, zéro !

Ismaël s'assoit par terre, suivi de Reda.

ISMAËL. – Donne-moi un sandwich !

Reda plonge sa main dans son sac et tend un sandwich à Ismaël.

ISMAËL. – C'est de la mayonnaise ?!

REDA. – Ouaip !

ISMAËL. – Je déteste la mayonnaise !

REDA. – Désolé, je ne le savais pas !

ISMAËL. – Pfff.

REDA. – Mais au moins, elle est *halal !*

Ben s'installe près d'eux.

ISMAËL. – Comment ça elle est *halal ?* Comment ils l'ont rendue *halal* cette mayonnaise ? Ils ont égorgé la bouteille ?

Ismaël se met à rire. Les autres le regardent.

REDA. – J'en sais rien moi. Y'a écrit *halal* dessus donc je l'achète.

ISMAËL. – J'achète *halal* donc je suis.

REDA. – Quoi ?

ISMAËL. – Rien !

BEN. – Je peux aussi avoir un sandwich ?

REDA. – Tu vas aussi critiquer ma mayonnaise *halal* ?

BEN. – Non.

REDA. – Alors d'accord !

Reda tend un sandwich à Ben. Silence.

REDA. – C'est calme ici.

BEN. – Oui, ça fait du bien.

La nuit tombe.

REDA. – Je suis tout excité, on y est presque.

BEN. – Ouais d'ailleurs ça me paraît trop calme, on ne dirait pas qu'il y a la guerre à côté.

ISMAËL. – C'est vrai qu'on n'entend rien.

REDA. – C'est normal, le bruit, ça ne traverse pas la frontière.

ISMAËL. – Mouais. Est-ce que tu sais qui va venir nous chercher ?

BEN. – Y'a le chef de brigade qui vient nous chercher à l'arrivée avec nos armes et on part directement pour le front.

REDA. – Sans entraînement ?

ISMAËL. – Je croyais que t'étais un as à *Call of Duty ?*

REDA. – Ben ouais, mais je croyais qu'on allait quand même s'amuser un peu dans un camp d'entraînement. Tu sais : entraînement le matin et bataille de polochons le soir entre potes.

ISMAËL. – Bataille de polochons ?

BEN. – T'en fais pas, y'en a plein des polochons avec qui tu pourras te battre.

REDA. – Ouais, ça fait tellement longtemps qu'on attend ça. Je crois pas que je vais pouvoir dormir ce soir.

ISMAËL. – Moi non plus.

Ismaël ouvre son sac et en sort une feuille avec un crayon.

REDA. – Qu'est-ce que tu fais.

ISMAËL. – Rien.

TABLEAU 4 : KILIS   33

Ismaël se retourne pour que Reda ne voie pas. Ben s'approche.

BEN. – Tu fais quoi ?

ISMAËL. – Rien, je vous dis !

Reda essaie de regarder au-dessus de l'épaule d'Ismaël.

REDA. – Eh ! Il dessine !

ISMAËL. – Nan, je gribouille.

REDA. – Tu gribouilles pas, tu dessines !

ISMAËL. – Je gribouille. Quand j'arrive pas à dormir, je gribouille, ça m'occupe l'esprit.

Ben jette un œil furtif.

BEN. – C'est pas des gribouillis, c'est des dessins. Et tu sais ce que notre religion pense des dessinateurs.

ISMAËL. – Ça va, ça va, je le sais déjà.

Ismaël chiffonne la feuille et la jette. Reda va la chercher et la déplie.

REDA. – Hey, mais c'est super beau ce que tu fais.

ISMAËL. – C'est bon, j'ai dit.

Ben prend la feuille.

BEN. – Ah ! C'est vrai que c'est pas mal.

Silence.

BEN. – Dommage que c'est l'enfer qui attend les dessinateurs.

REDA. – Ah ouais ? Même le gars qui a dessiné Bob l'éponge ?

BEN. – Heu… sûrement, parce qu'en plus, lui il boit de l'alcool.

REDA. – Ah… Heu… oui… l'alcool, c'est pas bien…

BEN. – N'aie pas peur. Toi t'as arrêté, tu t'es repenti.

Silence.

BEN. – Tu t'es repenti ?

Silence.

BEN. – Attends. C'est quand la dernière fois que t'as bu ?

REDA. – Ben, tu sais, là le gribouillis qu'il vient de faire, ça va pas l'envoyer en enfer !

ISMAËL. – Pourquoi tu changes de sujet ?

REDA. – Réponds !

BEN. – Non, ça ne va pas l'envoyer en enfer.

REDA. – Eh bien, disons que j'ai fait un gribouillis d'alcool dans l'avion.

ISMAËL. – Quoi ? T'as bu un verre sur la route du djihad ?

REDA. – Ben moi non plus j'arrivais pas à dormir et…

ISMAËL. – C'est pas possible !

BEN. – C'est bon, c'est bon, on va pas en faire un drame. Tu t'es repenti ?

REDA. – Heu… ouais, ouais, là tout de suite, je me suis repenti.

BEN. – Alors, c'est bon.

REDA. – J'ai toujours le droit d'aller tuer des mécréants ?

BEN. – Oui, oui ! T'as toujours le droit.

REDA. – Et j'irai pas en enfer ?

ISMAËL. – Je ne mettrais pas ma main à couper.

REDA. – Oh, facile, monsieur le dessinateur qui fait des gribouillis.

ISMAËL. – Tu fais chier !

REDA. – D'ailleurs, t'as appris où à dessiner comme ça ?

ISMAËL. – Voilà, tu changes de sujet pour éviter qu'on parle de tes conneries.

REDA. – Non, sérieux, ça m'intéresse.

ISMAËL. – Dors !

REDA. – J'arrive pas à dormir et toi non plus, alors raconte.

ISMAËL. – Ça n'intéresse personne.

REDA. – Moi ça m'intéresse, et toi, Ben, ça t'intéresse, hein ?

BEN. – Eh bien…

REDA. – Ben ouais, tu nous as bien raconté ton époque Elvis et le magnifique talent que t'avais et…

TABLEAU 4 : KILIS 35

BEN. – C'est bon, c'est bon, je veux aussi écouter l'histoire d'Ismaël.

ISMAËL. – Y'a rien à dire.

REDA. – Arrête ! Vas-y, raconte ! Tu dessines depuis quand ?

ISMAËL. – Depuis tout petit.

REDA. – C'est vraiment chouette.

BEN. – Hmm, hmm.

REDA. – En tout cas, moi je trouve que t'as du talent.

ISMAËL *(oubliant les autres et regardant le ciel).* – Je dessine depuis que je sais tenir un crayon. En maternelle déjà, je dessinais mes camarades de classe. Puis, plus tard, c'était les mangas. J'étais le meilleur pour dessiner les personnages de *Dragon Ball Z*. Je m'enfermais dans ma chambre et je dessinais pendant des heures. J'oubliais le temps et l'espace. J'étais comme en transe. C'était mon art, mon talent. Je me voyais déjà faire mes propres dessins animés et pourquoi pas aller habiter au Japon et devenir un *mangaka* !

REDA. – Waouw ! Moi aussi je suis fan des mangas. C'est vrai que t'aurais pu être un grand *mankaka* !

ISMAËL. – *Mangaka* !

BEN *(intéressé).* – Et, pourquoi t'as arrêté ?

ISMAËL. – C'était un samedi, à l'école arabe. Je m'en souviens comme si c'était hier. Le professeur a découvert mes dessins et il m'a giflé. Il m'a lu un *hadith* qui dit que les dessinateurs iront en enfer.

Silence.

ISMAËL. – J'ai décidé d'arrêter de dessiner pour ne pas devenir un mécréant. Mais en arrêtant de dessiner, plus rien ne m'intéressait. À l'école, plus rien n'allait. J'ai doublé, triplé puis je me suis fait virer. Mon père m'a inscrit dans une école d'enseignement professionnel, mais à part dessiner, je ne savais rien faire de mes mains. Là-bas aussi, je me suis fait virer. Le seul endroit qui voulait encore de moi, c'est la mosquée.

BEN. – *Al Hamdoulilah.*

ISMAËL. – Ouais, là je me suis rendu compte que mes frères me soutenaient dans mes épreuves et que ce bas-monde n'est pas fait pour nous. Nous sommes faits pour l'au-delà.

Silence. Reda se met à pleurer.

REDA. – Snif, snif. Elle est triste ton histoire.

ISMAËL. – Ça va, tu vas quand même pas commencer à chialer non plus !

BEN. – Et puis elle est pas triste son histoire. Regarde où elle l'a amené.

Silence.

BEN. – Oui, c'était peut-être pas le bon exemple. Mais en même temps, nous sommes ici pour aider nos frères et le paradis nous est garanti. C'est mieux que l'enfer, non ?

ISMAËL. – Ça, c'est sûr !

REDA. – Ouais ! Je suis d'accord. Bon, on dort ?

BEN. – Dormons. Que Dieu vous protège.

ISMAËL. – Que Dieu vous protège.

REDA. – Que Dieu vous protège.

Noir.

TABLEAU 5:
ALEP

Dans une église détruite. La nuit, le toit de l'église est com-
plètement détruit et le ciel apparait. Un homme (MICHEL) sur
scène pleure en tenant dans ses bras le corps d'une femme.
Une musique (Babylone – Bekitini)

Reda, Ismaël et Ben entrent dans l'église. Ils ont une autre
tenue (treillis de combat) et tiennent une arme à la main.

MICHEL. – Je te pleure mon amour, y'a hobi, ya habibi, sans toi
la vie n'a plus de goût. Tu étais mon soleil, ma lune. La nuit qui
descend sur moi aujourd'hui est plus noire que les ténèbres
qui t'ont emportée. N'aie pas peur, mon amour et patiente, car je
vais te rejoindre bientôt et j'éclairerai ta route.

REDA. – C'est beau, mon frère !

Michel les regarde tous les trois.

MICHEL. – C'est mon adieu à ma femme !

BEN. – Que Dieu ait son âme, mon frère.

ISMAËL. – Que Dieu te donne le courage, mon frère !

MICHEL. – Merci, que Dieu vous garde.

Michel se lève et porte sa femme hors de scène.

REDA. – Le pauvre, il doit enterrer sa femme.

TABLEAU 5 : ALEP 39

BEN. – Ce sont sûrement ces chiens de mécréants qui l'ont tuée. On va leur faire payer.

ISMAËL. – T'es sûr que c'est ici qu'on doit s'installer ?

BEN. – Oui, d'après les plans, c'est d'ici qu'on va partir vers le sud.

ISMAËL. – Mais une église, c'est pas dangereux ?

REDA. – C'est vrai ! On pourrait devenir chrétien si on passe la nuit ici !

ISMAËL. – C'est pas ça que je veux dire, idiot. Si on passe la nuit ici, on risque d'essuyer des tirs.

BEN. – L'église est abandonnée. On ne risque plus rien.

Reda se retourne et remarque la statue du Christ derrière lui.

REDA. – T'as vu ? Le toit est tombé, mais la statue est encore là.

ISMAËL. – Et alors ?

REDA. – Je sais pas, je trouve ça beau.

BEN. – Bon, on pose le camp ici.

Ben dépose son sac. Reda s'installe près de lui. Ismaël fait le tour de l'église puis vient s'assoir près d'eux. Michel entre dans l'église.

REDA. – Viens avec nous, mon frère. T'as faim ?

MICHEL. – Oui, un peu.

ISMAËL. – Viens, on a quelques vivres, on va les partager avec toi.

Michel s'installe près d'eux.

REDA. – Tiens.

MICHEL. – Merci.

BEN. – Ça fait longtemps que t'es dans l'église ?

MICHEL. – Trois jours. On s'est réfugiés ici avec ma femme quand les attaques ont commencé. On a réussi à tenir, mais aujourd'hui, les tirs étaient plus nombreux, plus francs et...

Michel plonge la tête dans ses mains.

BEN. – Je suis désolé pour toi, mon frère.

Silence.

BEN. – Je m'appelle Ben.

REDA. – Et moi, Reda.

ISMAËL. – Moi, c'est Ismaël. On vient de Belgique.

Michel relève la tête et tend la main à Ismaël.

MICHEL. – Moi, c'est Michel, je suis d'ici.

ISMAËL (*souriant*). – Ça va, on n'est pas en Belgique, tu passes pas un examen d'embauche, tu peux donner ton vrai nom.

MICHEL. – C'est mon vrai nom, Michel Sleiman.

Les trois se regardent.

REDA. – Attends, tu déconnes. T'as pas une tête à t'appeler Michel.

MICHEL. – Parce que vous, vous avez une tête à venir de Belgique ?

ISMAËL. – Pas con !

BEN. – Non, mais t'es un Arabe, tu peux pas t'appeler Michel.

MICHEL. – Eh bien si !

REDA. – Ben t'es le premier musulman que je rencontre qui s'appelle Michel.

MICHEL. – Qui t'a dit que j'étais musulman ?

Les trois se lèvent en sursaut.

BEN. – Si t'es pas musulman, t'es quoi ?

Michel se retourne et regarde le Christ.

ISMAËL. – Quoi ? T'es chrétien !

MICHEL. – Oui !

BEN. – Merde, on était en train de pactiser avec l'ennemi.

Ben pointe son arme sur Michel.

MICHEL. – L'ennemi ? Tu viens de m'appeler mon frère ?

BEN. – Parce que tu nous as trompés !

TABLEAU 5 : ALEP   41

MICHEL. – Je vous ai trompés ? Je ne vous ai rien dit d'autre que la vérité.

ISMAËL. – Joue pas avec les mots ! Où sont les autres ?

MICHEL. – Quels autres ?

ISMAËL. – Ta compagnie, tes hommes !

MICHEL. – Je n'avais que ma femme et vous l'avez vue.

REDA. – Mais je comprends rien, t'es un Arabe et tu t'appelles Michel.

ISMAËL. – C'est une ruse. Ils leur apprennent l'arabe pour qu'ils se faufilent au milieu des musulmans et là... couic ! Ils nous tuent.

MICHEL. – Je SUIS arabe. Je l'ai toujours été, bien avant toi, mon frère. Nous étions ici bien avant que votre Prophète n'apparaisse.

BEN. – Hé ! Fais attention quand tu parles du Prophète !

MICHEL. – Nous sommes là depuis si longtemps et pourtant... aujourd'hui, on nous tue.

ISMAËL. – C'est vous qui avez commencé !

MICHEL. – Ah oui ? On a fait quoi ?

ISMAËL. – Ben...

REDA. – En fait....

Ismaël et Reda se tournent vers Ben.

BEN. – J'en sais rien moi, c'est pas moi qui décide. C'est nos ennemis, c'est tout.

MICHEL *(souriant).* – Je suis votre ennemi, mais vous ne savez pas pourquoi. Eh bien, faites de moi ce que vous voulez. Je ne bougerai pas d'ici. Si vous voulez me tuer, je vous demanderai juste de faire vite et de bien vouloir m'enterrer près de ma femme, à côté de l'église.

REDA. – Hey, on va pas vous tuer.

ISMAËL. – Ah bon ?

REDA. – Comment ça « ah bon ? »

ISMAËL *(vers Ben et Reda).* – Je peux vous parler ?

ISMAËL *(vers Michel).* – Deux secondes.

MICHEL. – Faites, j'ai tout mon temps.

Ismaël, Reda et Ben s'éloignent, en aparté.

ISMAËL. – On peut pas le laisser, c'est un ennemi.

BEN. – Je suis d'accord.

REDA. – Comment ça, c'est un ennemi, comment tu le sais ? Tu en as déjà vu de près, un ennemi toi ?

ISMAËL. – Ben…

REDA. – Depuis qu'on est là, on tire sur des gens qu'on ne voit pas et on se fait tirer dessus par des drones. Moi, je n'ai pas encore vu à quoi il ressemble l'ennemi. Et toi ?

ISMAËL. – Non plus.

REDA. – Et toi ?

BEN. – L'ennemi est invisible.

REDA. – Te fous pas de ma gueule et réponds à ma question.

BEN. – Ben, techniquement parlant, non, je ne l'ai pas encore vu, mais c'est pas parce qu'on ne le voit pas qu'il n'existe pas.

ISMAËL. – Heu… Ben… c'est complètement con ce que tu viens de dire.

BEN. – Je sais, je m'en suis rendu compte dès que c'est sorti de ma bouche.

REDA. – Donc, on n'est pas sûrs que c'est l'ennemi vu qu'on a jamais vu l'ennemi.

BEN. – Oui, mais dans le doute…

REDA. – … Abstiens-toi !

BEN. – C'est pas un proverbe islamique, ça.

REDA. – Ta kalachnikov non plus !

BEN *(vers Ismaël)*. – T'en dis quoi, toi ?

ISMAËL. – J'en dis que pour une fois, et je n'aurais jamais cru qu'un jour je dirais ça, je suis d'accord avec Reda. Et puis, tuer quelqu'un que je ne vois pas, ça ne me pose pas de problème, mais tuer quelqu'un avec qui j'ai parlé, à qui j'ai dit « mon frère » et avec qui j'ai partagé un peu de nourriture, c'est beaucoup plus compliqué.

BEN. – Je le savais ! Je le savais ! Ils sont trop puissants. Ils font travailler des démons. Tu passes quelques minutes avec eux et puis tu ne peux plus les tuer !

TABLEAU 5 : ALEP 43

Ismaël et Reda se regardent. Ben se tourne vers Michel.

BEN. – Tu peux partir.

MICHEL. – Partir où ? Si je sors, je me fais tuer !

BEN. – Oui, mais ce ne sera pas de notre faute.

ISMAËL. – Oh, Ben, c'est pas ça qu'on a décidé.

BEN. – Je m'en fous, il sort ou c'est moi qui le tue.

REDA. – Non, tu ne vas pas le tuer !

BEN. – C'est toi qui vas m'en empêcher ?

Les deux s'empoignent.

ISMAËL. – Oh, arrêtez les gars, c'est bon ! On va pas se battre.

MICHEL. – C'est bon, je vais partir, je ne veux pas créer de conflits entre vous.

ISMAËL. – Ça, c'est déjà fait !

REDA *(à Ben)*. – Et puis je ne vois pas pourquoi Monsieur a le droit de décider pour nous, t'es pas le chef !

BEN. – Et c'est qui le chef ? Hein ? Toi peut-être ?

REDA. – Je ne sais pas, mais en tous cas c'est sûr que c'est pas toi !

Michel se lève.

MICHEL. – Mes amis, ne vous battez pas, ça ne sert à rien. Je vais partir, je ne veux pas vous déranger plus longtemps et je vous remercie de ne pas m'avoir…

Un coup de feu traverse une vitre et Michel tombe raide mort.

REDA. – C'est quoi ça ?

Reda s'approche de Michel.

REDA. – Tu l'as tué ?

BEN. – T'es con ou quoi ? J'étais en train de m'engueuler avec toi.

Reda regarde Ismaël.

ISMAËL. – J'ai rien à voir avec ça moi, la balle vient de l'extérieur.

REDA. – Michel ! Michel !

Reda prend Michel dans ses bras.

REDA. – Michel, Michel !

Ismaël, ému, s'approche de Reda.

ISMAËL. – Arrête Reda, il est mort.

REDA. – Michel, Michel.

BEN. – Je ne comprends pas. Y a deux minutes, je voulais le tuer et là… je suis… triste.

Ismaël regarde Ben.

ISMAËL. – Faut qu'on parte d'ici, tout de suite. On va se faire canarder comme des lapins.

Ismaël s'approche de Reda.

ISMAËL. – Viens, on s'en va.

Reda se lève, difficilement.

REDA. – Et lui ?

ISMAËL. – Quoi, lui ?

REDA. – On va pas le laisser ici !

ISMAËL. – Il est mort, Reda !

REDA. – Je sais, mais on doit l'enterrer.

BEN. – Quoi ?!

REDA. – On n'est pas des animaux. On ne va pas le laisser ici pourrir. On va l'enterrer et comme il nous l'a demandé, près de sa femme.

BEN. – On n'a pas à faire ça !

REDA. – Je ne pars pas d'ici avant de l'avoir enterré.

Ismaël regarde Reda puis Ben.

ISMAËL. – Écoute Ben, il a raison. Il faut l'enterrer.

BEN. – On va se faire remarquer dehors et on va se faire tuer.

TABLEAU 5 : ALEP 45

REDA. – Je m'en fous ! On l'enterre !

BEN. – Bon, on vote alors qui veut…

ISMAËL. – Oh ! Ça va ! On l'enterre un point c'est tout !

Ismaël s'approche de Reda.

ISMAËL. – Viens, on le porte.

Reda et Ismaël portent Michel et sortent de scène. Ben reste debout dans l'église quelques secondes.

BEN. – Je vous aurai prévenus les gars…

Silence.

BEN. – Les gars ?

Silence.

BEN. – Les gars ?

Ben regarde la statue du Christ face à lui.

BEN. – Hey, les gars, attendez-moi, je viens avec vous. Je ne reste pas seul dans une église !

Ben sort de scène.

Noir.

TABLEAU 6 :
PLAINE DÉSERTIQUE

Une tombe fraîchement recouverte sur une butte,
la nuit. Les trois amis sont assis, par terre, fatigués.

REDA. – Que Dieu ait son âme.

BEN. – Je voudrais pas te décevoir, mais il va directement en enfer.

ISMAËL. – Mouais.

REDA. – T'en sais rien.

BEN. – Arrête de blasphémer.

REDA. – Je ne blasphème pas. T'es pas Dieu, donc t'en sais rien.

ISMAËL. – Il marque encore un point le nigaud.

BEN. – Ouais, on va arrêter de s'engueuler. On ne sera jamais d'accord. Bon, on passe la nuit ici et demain on rejoint Homs.

ISMAËL. – C'est quand qu'on va retrouver notre compagnie ?

BEN. – Dès qu'on arrive à Homs, on retrouvera nos frères à la base. Bon. On dort. Je prends mon tour de garde.

Les deux s'endorment et Ben reste assis. Il regarde autour de lui puis,
lorsqu'il est sûr que personne ne fait attention à lui il prend un
walkman dans son sac et pose le casque sur ses oreilles. Il se met à
chanter une chanson d'Elvis, d'abord discrètement, puis s'oublie et
chante à voix haute. Les deux se lèvent et s'approchent discrètement
de lui.

TABLEAU 6 : PLAINE DÉSERTIQUE 47

ISMAËL. – C'est *haram* le dessin, hein ?

REDA. – On ne peut pas boire d'alcool, c'est ça ?

ISMAËL. – Non, ça on peut vraiment pas, à *lhmar* !

Ben retire les écouteurs et les deux courent se rendormir pour ne pas être remarqués.

BEN. – Vous avez dit quelque chose les gars ?

Silence. Ben remet son casque et termine sa chanson. Il retire son casque. Silence.

REDA. – Dites les gars !

BEN. – Quoi ?

REDA. – Le pays ne vous manque pas ?

BEN. – Quel pays ?

REDA. – Bah le nôtre, la Belgique.

BEN. – Depuis quand c'est chez nous là-bas ?

REDA. – Ben, on est quand même nés là, non ?

BEN. – Et alors ?

REDA. – Ben si c'est là que t'es né, c'est ton pays, non ?

BEN. – Eh bien ! T'es la première personne qui me dit que c'est chez nous là-bas !

REDA. – T'es pas d'accord, Ismaël ?

ISMAËL. – Oh ! Mon gars, ne crois pas que ça va devenir une habitude que je sois d'accord avec toi ! Cette fois, je suis d'accord avec Ben. Moi non plus, personne ne m'a jamais dit que c'était mon pays. Au contraire, partout on nous répète que c'est pas chez nous.

REDA. – Je ne trouve pas, non.

ISMAËL. – Ah ouais ? T'as déjà essayé de trouver du boulot toi en Belgique ?

REDA. – Oui, une fois.

ISMAËL. – Et ?

REDA. – J'ai envoyé mon CV et on m'a répondu que le poste n'était plus à pourvoir.

ISMAËL. – T'avais envoyé ta photo dans le CV ?

REDA. – Oui, c'était obligatoire.

ISMAËL. – Et ils t'ont appelé pour passer l'*interview* ?

REDA. – Non !

ISMAËL. – Ben c'est clair, non ! Ils ne veulent pas de nous ! Partout, on nous le répète. Dès qu'un truc ne va pas dans ce pays, c'est pour notre gueule. Depuis que je suis né, on me demande de m'intégrer. Pourquoi nous, on doit s'intégrer ? Personne ne demande à un Philippe, Frédéric ou Jean-Jacques de s'intégrer. Pourtant, il est né comme nous, a été aux mêmes écoles et vit dans la même ville. Quoi qu'on fasse, notre gueule ne sera jamais acceptée.

BEN. – T'as raison mon frère !

REDA. – Je ne sais pas. Je ne trouve pas qu'on soit si mal traités que ça.

ISMAËL. – Attends deux secondes, y'a pas à nous traiter mal ou bien, mais à nous traiter comme tout le monde c'est tout. Regarde, fais un test idiot : tu refuses une priorité à droite quand t'es en bagnole. L'insulte du mec en face va dépendre de ta gueule. Si t'es blanc, il va te dire : « Connard ». Si t'as une gueule comme la nôtre, il va te dire : « Retourne dans ton pays sale bougnoul » ou : « Sale nègre » si t'es noir ! Tu comprends ?

REDA. – Tu veux dire qu'on subit de la discrimination dans les insultes ?

ISMAËL. – Non, idiot ! Je veux dire qu'on ne sera jamais considérés comme des autochtones. Jamais, même dans cinquante générations. J'ai toujours été un problème dans le regard des gens, des médias, des profs, de tout le monde. D'abord, on était une erreur statistique. On n'aurait jamais dû naître là. Nos parents auraient dû rentrer au bled après s'être brisé le dos dans les mines. Puis, on était « la problématique des enfants d'immigrés ». Après ça, c'était « le problème de l'intégration ». Puis quand ça, c'était réglé, y'a eu le problème des « musulmans de deuxième génération ». On nous donnera toujours des surnoms, des noms scientifiques, on sera toujours dans une case différente des autres. On ne sera jamais comme les autres. En fait, on sera toujours un problème. C'est juste le nom du problème qui change

TABLEAU 6 : PLAINE DÉSERTIQUE **49**

avec le temps, c'est tout. Alors, non, mon gars, je ne regrette pas le pays !

BEN. – *Amin !*

REDA. – C'était pas une prière !

BEN. – *Amin* quand même !

REDA. – C'est vrai ce que tu dis, mais c'est bizarre, j'ai quand même la nostalgie de… chez moi.

BEN. – Tiens, tu nous as pas dit ce que tu faisais dans ton ancienne vie.

REDA. – Ben, j'étais à l'école supérieure en ingénierie industrielle.

ISMAËL. – Quoi ???

BEN. – Attends, tu suivais des études supérieures ?!

REDA. – Ben oui, pourquoi, ça se voit pas ?

ISMAËL. – Je dois vraiment répondre à cette question ?

REDA. – Oui bon, physiquement, c'est vrai que j'ai l'air jeune mais ça s'entend quand même que j'ai fait des études ?

ISMAËL. – J'ai droit à combien de jokers parce que je crois qu'il ne m'en reste plus.

BEN. – Attends, et t'as fini tes études ?

REDA. – Oui, l'année passée.

ISMAËL. – Et ?

REDA. – Et, quoi ?

BEN. – Ben, qu'est-ce qui s'est passé après ?

REDA. – Oh, c'est banal, c'est pas aussi intéressant que votre histoire.

ISMAËL. – Vas-y, raconte.

REDA. – Je te dis que vous allez vous ennuyer.

BEN. – Nous ennuyer ? Plus que ça ? On vient d'enterrer un homme et on est assis à côté de sa tombe pour la nuit.

REDA. – Vous êtes sûrs ?

ISMAËL. – Oui !

REDA. – Ça ne vous dérange pas ?

ISMAËL. – Bon, je vais le tuer avant qu'il raconte parce que là, c'est trop !

REDA. – C'est bon, c'est bon, je raconte ! Ben voilà, j'avais fini mes études et j'ai décidé de demander la main de ma fiancée.

ISMAËL. – En plus, t'avais une fiancée ?

REDA. – Pourquoi j'ai l'impression que c'est pas un compliment ça ?

BEN. – Vas-y, continue.

REDA. – Ben, mes parents ont refusé.

BEN. – Ah bon ? Pourquoi ? C'est une bonne chose de se marier, c'est même préconisé par notre religion et…

REDA. – Elle s'appelait Valérie !

BEN. – Aïe ! Ça aide pas ça.

REDA. – Non ! Ma mère a refusé que j'épouse une non-musulmane. C'était soit elle, soit maman.

ISMAËL. – Vous vous connaissiez depuis longtemps ?

REDA. – Ma mère et moi ? Depuis ma naissance.

ISMAËL. – Là, si je le tue, je suis sûr que ça passera inaperçu.

BEN. – Il parle de ta Valérie.

REDA. – Ah, on se connaît depuis dix ans. On sort ensemble depuis l'école secondaire. C'était… l'amour de ma vie. Mais maman m'a dit que Valérie, c'était juste pour jouer, mais pour la vraie vie, il faut une musulmane.

BEN. – Elle a raison ta maman, elle n'était pas musulmane, ta Valérie ?

REDA. – Ben… non.

BEN. – Alors, c'est mauvais pour toi. Tu dois penser à la vie future et pas à la vie d'ici-bas.

REDA. – Je sais, c'est pour ça que je l'ai quittée. Mais la rupture a été très difficile pour elle et moi. Elle est tombée en dépression et a dû être hospitalisée pendant des mois. Elle ne comprenait pas pourquoi je la quittais aussi brutalement après autant d'années. J'ai supplié ma mère, mais elle ne voulait rien savoir.

BEN. – Et tu sais que le prophète a dit que le paradis est sous les pieds de nos mères.

REDA. – Je sais, c'est ce que ma famille me disait tous les jours et c'est pour ça que j'ai tout arrêté. Après, moi aussi je suis tombé en dépression et j'ai fait un truc grave.

TABLEAU 6 : PLAINE DÉSERTIQUE   51

ISMAËL. – Quoi ?

REDA. – Très grave !

BEN. – À ce point-là ?

REDA. – Oui, j'en ai trop honte.

ISMAËL. – Quoi, t'as tué quelqu'un ?

REDA. – Non.

ISMAËL. – T'as braqué une banque ?

REDA. – Pire !

ISMAËL. – Quoi ??? Ne me dis pas que…

Reda fait signe que oui.

ISMAËL. – Oh non ! T'as mangé du porc !!!

REDA. – Hein… quoi ??? Mais non ça, je faisais déj….

Ben regarde Reda.

REDA. – Mais je me suis repenti entre temps. Non, j'ai tenté de me suicider.

BEN. – Dieu nous protège !

REDA. – J'ai été interné pendant plusieurs mois, gavé de médicaments et puis à la sortie de l'hôpital, mon père m'emmenait avec lui à la mosquée et tout doucement, j'ai retrouvé la paix. Je ne me sentais bien qu'à la mosquée.

BEN. – Dieu est grand.

REDA. – Et puis, quand j'ai vu toutes ces images à la télé d'enfants qui meurent, de gens qui souffrent, ça passait en boucle chez nous à la maison sur Al Jazeera, j'ai compris que je devais vouer ma vie à sauver mes frères musulmans qui meurent tous les jours.

BEN. – Et Dieu te récompensera.

REDA. – Voilà, vous savez tout de ma vie.

Ismaël s'approche de Reda.

ISMAËL *(à voix basse)*. – Attends, sérieux, t'as déjà mangé du porc ?!

BEN. – Ismaël, arrête !

ISMAËL. – Ça va, c'est juste de la curiosité.

Des coups de feu se font entendre.

BEN. – À l'abri !

Les trois se mettent à l'abri.

ISMAËL. – Ça vient d'où ?

BEN. – À dix heures !

REDA. – Non, c'était y'a cinq minutes.

ISMAËL *(indiquant une direction)*. – Là !

Les trois se mettent à tirer dans une cacophonie de bruits de tirs.

ISMAËL. – Tu vois quelque chose ?

BEN. – Non !

REDA. – Là, au loin, vous voyez ? On dirait un aigle.

ISMAËL. – Un aigle ? Non, on dirait un gros corbeau.

BEN. – Il vole vite ce corbeau.

ISMAËL. – Vous entendez ?

REDA. – Quoi ?

ISMAËL. – Les tirs ont cessé. Faut qu'on se casse d'ici les gars, c'est trop dangereux.

REDA. – Hey t'as vu le corbeau, il vient vraiment vite.

ISMAËL. – Attends deux secondes, c'est pas un corbeau !

REDA. – Tu crois ? En tous cas, ça n'a pas l'air d'être un pigeon, c'est trop gros et ça vole plus vite.

BEN. – Il a l'air assez énorme cet oiseau et... c'est pas un OISEAU !!! C'est un drone ! Couchez-vous !

Les trois se couchent, mais le drone tire. Explosion. Lumière blanche sur la salle ! Après l'explosion, les trois sont couchés sur le sol. Reda se relève.

REDA. – Les gars ! Les gars !

Reda s'approche de Ismaël qui se relève.

REDA. – Ça va ?

TABLEAU 6 : PLAINE DÉSERTIQUE **53**

ISMAËL. – Ouais, je suis complètement sonné, mais je ne crois pas que je sois blessé. Et toi ?

REDA. – Non, ça va, j'ai rien. Ben ?

Les deux se retournent. Ben est couché sur le ventre. Ils s'approchent de lui.

REDA. – Ben ? Ben ?

ISMAËL. – Ben ? Ça va ?

Ismaël s'approche du corps.

ISMAËL. – Ben ! Ben ! Non ! Ben !

REDA. – Il est…

ISMAËL. – Il est mort !

REDA. – Non ! Ben !

Les deux s'assoient près du corps.

REDA. – Mon Dieu ! Ben !

ISMAËL. – Que Dieu le prenne dans sa miséricorde. Il est mort en martyr !

REDA. – Oui, il est mort en martyr ! Que Dieu ait son âme.

ISMAËL. – Faut qu'on bouge d'ici.

REDA. – Et on ne l'enterre pas ?

ISMAËL. – On n'a pas le temps. Si on l'enterre, on va se faire canarder.

REDA. – Mais c'est Ben ! On ne peut pas le laisser là !

ISMAËL. – C'est un martyr. Il ressuscitera dans l'état dans lequel il est mort. Il peut rester comme ça. Viens, on s'en va.

REDA. – Non, on ne peut pas le laisser là !

ISMAËL. – Reda, arrête ! Si on l'enterre, on va se faire canarder comme des lapins. Tu veux mourir ici ?

REDA. – On sera des martyrs aussi, si on meurt ici !

ISMAËL. – Sauf que je ne veux pas mourir tué par un drone. Je veux mourir l'arme à la main ! Viens, on s'en va. Les frères ont encore besoin de nous ! Viens !

Ismaël se lève et quitte la scène. Reda se lève puis regarde le corps de Ben.

REDA. – Adieu mon frère.

Reda quitte la scène.

Noir.

TABLEAU 7 :
DAMAS

À l'arrière la vieille porte de Dama s à moitié détruite.
Reda et Ismaël entrent sur scène.

REDA. – On s'arrête, je suis crevé.

ISMAËL. – Faut continuer !

REDA. – J'en peux plus.

ISMAËL. – Il ne reste plus beaucoup de chemin à parcourir pour retrouver nos frères.

REDA. – Si on continue sans faire de pause, je vais mourir sur la route.

ISMAËL. – OK, OK. On s'arrête ici, mais pas trop longtemps. Faut bouger !

Les deux s'installent sur le sol.

REDA. – Il te reste un peu d'eau ?

ISMAËL. – Non, plus rien.

REDA. – On va crever de faim et de soif avant d'arriver à destination.

ISMAËL. – Raison de plus pour repartir très vite.

REDA. – Ismaël, je ne me sens pas bien, je crois qu'on a fait une connerie.

ISMAËL. – Je suis d'accord avec toi, on n'aurait jamais dû venir ici. On était tranquilles chez nous et...

TABLEAU 7 : DAMAS 57

REDA. – Qu'est-ce que tu racontes ? Je parlais du fait qu'on n'a pas enterré Ben.

ISMAËL. – Ah… oui… ça… oui… en fait…

REDA. – Quoi ? Tu regrettes d'être venu faire le djihad ?

ISMAËL. – Non, non, non…

REDA. – Si, tu regrettes !

ISMAËL. – Non !

REDA. – Si, tu regrettes ! Avoue !

ISMAËL. – C'est bon, oui, je regrette ! Franchement, oui je regrette ! Je ne sais même pas pourquoi on se bat ni contre qui. Un jour on nous dit les chiites, un autre jour les chrétiens, un autre jour les sunnites de la coalition. Ça change tout le temps et j'ai l'impression que l'ennemi, finalement, c'est tout le monde sauf nous.

REDA. – Moi aussi j'ai la même impression.

ISMAËL. – Alors, oui, je regrette. J'ai pas envie de mourir comme un chien au milieu d'une route déserte tué par un drone où y'a même pas de pilote. Tu te rends compte ? Te faire tuer par un jouet télécommandé !

REDA. – Ouais, c'est pas très sexy, ça ! Dis…

ISMAËL. – Quoi ?

REDA. – Et si on rentrait ?

ISMAËL. – En Belgique ? T'es fou, on va se faire tuer si les frères apprennent qu'on a déserté.

REDA. – On n'a qu'à se blesser ? Il paraît qu'il y a des corps d'armée où les soldats se mutilent pour pas aller se battre. On peut faire la même chose ?

ISMAËL. – Sauf qu'ici, ils vont t'aider à te mutiler et t'envoyer te battre quand même !

REDA. – Mais personne saura qu'on se casse !

ISMAËL *(montrant le ciel)*. – Et lui ?

REDA. – Ben lui il sait qu'on ne fait rien de mal. On a le droit de vouloir rentrer chez nous. Je suis sûr qu'il nous pardonnera.

Silence.

RÉDA. – Et puis, j'ai réfléchi et j'ai un projet pour là-bas.

ISMAËL. – Vas-y raconte.

RÉDA. – Je vais demander à Valérie de devenir musulmane comme ça je pourrai l'épouser.

ISMAËL. – Pas bête ton idée. Mais tu crois que ça compte si elle devient musulmane juste pour que tu l'épouses ?

RÉDA. – Je ne sais pas, mais pour ma mère, ça comptera.

ISMAËL. – C'est vrai que…

RÉDA. – Et toi ? T'as des projets pour là-bas ?

ISMAËL. – Non. Pas vraiment.

RÉDA. – Tu pourrais reprendre le dessin !

ISMAËL. – Et je fais comment ? Je convertis le dessin à l'islam pour mes parents ?

RÉDA. – Ben… je ne sais pas… on peut trouver une manière détournée de le faire… Genre… de la calligraphie, tu pourrais faire de la calligraphie.

ISMAËL. – La calligraphie, c'est pas du dessin. Moi, c'est les personnages que j'aime.

RÉDA. – Ben c'est un début, un moyen détourné de le faire.

ISMAËL. – Tu te rends compte ?

RÉDA. – Quoi ?

ISMAËL. – On passe notre temps à chercher des moyens détournés de faire les choses. Toi, tu vas faire croire que ta copine est musulmane pour l'épouser et moi je dois faire de la calligraphie pour dessiner des mangas. Mais c'est pour qui qu'on doit faire tout ça ?

RÉDA. – Ben nos parents, nos familles.

ISMAËL. – Ben ouais, c'est ça que je veux dire. Ce sont nos parents, nos familles qui définissent notre islam. D'ailleurs, je me suis toujours demandé si c'était vraiment interdit cette histoire de dessins.

RÉDA. – Ben c'est écrit dans le Coran, non ?

ISMAËL. – Tu l'as déjà lu, le Coran ?

RÉDA. – Non, et toi ?

TABLEAU 7 : DAMAS 59

ISMAËL. – Ben, moi non plus ! Alors comment on peut savoir ?

REDA. – Ben si l'imam, il le dit, c'est que c'est vrai.

ISMAËL. – L'imam ? Tu parles du même qui nous frappait avec un câble quand on était petit pour apprendre une sourate ? C'est lui notre référence ?

REDA. – Ben ouais, lui il doit connaître le Coran.

ISMAËL. – Ouais, ben ça c'est mon projet. Quand je vais rentrer, j'aimerais lire le Coran complètement pour voir ce qu'il y a vraiment écrit dedans.

REDA. – Hey, ce serait cool. Et tu crois que tu pourrais chercher pour moi si je peux épouser Valérie ?

ISMAËL. – Je ne sais pas si Valérie est citée dans le Coran mais je veux bien chercher.

Reda se lève.

REDA. – C'est génial parce qu'alors j'aurai des arguments à donner à ma mère et je pourrai enfin l'épouser.

Reda fait des va-et-vient.

REDA. – Tu te rends compte, elle va être super contente. Elle m'a envoyé un SMS avant que je parte et elle m'a dit qu'elle m'aimait toujours et qu'elle aimerait qu'on vive ensemble.

ISMAËL. – Reda, assied-toi, on va se faire remarquer !

REDA. – Oh, je suis vraiment heureux ! C'est super, Ismaël, il faut qu'on rentre, tout de suite. Il faut que je la revoie, que je lui dise que je l'aime.

ISMAËL. – Reda, parle moins fort et assieds-toi !

REDA. – Je suis trop heureux, trop heureux, ma Valérie, ma Valérie, je…

Des coups de feu se font entendre et Reda tombe raide sur le sol. Ismaël se cache derrière le corps de Reda.

ISMAËL. – Reda, relève-toi, faut qu'on se casse d'ici. Reda ! Reda ! Relève-toi, vieux !

Ismaël regarde le corps de Reda.

ISMAËL. – Reda ? Reda ? Relève-toi ! Je t'en supplie Reda.

Ismaël prend le corps de Reda dans ses bras.

ISMAËL. – Reda, s'il te plaît, relève-toi, Reda ! S'il te plaît ! Me laisse pas seul, j'ai peur, Reda. S'il te plaît, relève-toi. On va aller voir ta Valérie, on va la demander en mariage. Si tu veux, je veux bien jouer le rôle de ton frère, de ton père. Je viendrai avec toi, Reda. Vous aurez un mariage magnifique, ta mère sera fière de toi, vous aurez plein d'enfants et tu verras même grandir tes petits-enfants, mon Reda. Relève-toi, s'il te plaît, mon Reda. Elle t'attend, mon Reda. Relève-toi ! Mon frère. Elle t'attend ta Valérie, Reda, Reda, Reda !!!!!!!! Mon Dieu, Reda !

Ismaël sanglote sur le corps de Reda.

Noir.

TABLEAU 8 :
BRUXELLES

*Dans un commissariat. Ismaël est assis face au public
en tenue de Guantanamo.*

Voix. – Alors monsieur, qu'avez-vous appris de votre séjour en prison ?

Ismaël. – La guerre c'est mal. Le djihad c'est mal.

Voix. – Êtes-vous prêt à vous réinsérer dans la société ?

Ismaël. – Oui.

Voix. – À vous intégrer ?

Ismaël. – Encore ce mot !

Voix. – Pardon ?

Ismaël. – Oui, je veux m'intégrer.

Voix. – Alors, partez en paix.

Ismaël. – Salam.

Voix. – Non, en paix.

Ismaël. – Oui, en paix.

Le décor change, mais Ismaël ne change pas de place. Derrière lui le bureau de l'Orbem (ANPE).

Voix. – Qu'avez-vous comme qualification ?

Ismaël. – Eh bien… je sais dessiner.

Voix. – Ce n'est pas une qualification ça, c'est un hobby. Qu'avez-vous fait les deux années précédentes ?

TABLEAU 8 : BRUXELLES **63**

ISMAËL. – Un an de prison.

VOIX. – Aïe, ça commence mal.

ISMAËL. – Et vous trouvez que ça finit mieux ?

VOIX. – Bon, très bien, on ne va pas le mettre sur la demande, ça fait mauvais genre.

ISMAËL. – Mais l'employeur va me demander un certificat de mœurs et il le verra quand même non ?

VOIX. – Oui ben on ne va pas le mettre.

ISMAËL. – Commence à m'énerver celle-là.

Ismaël se déboutonne doucement et prend un petit objet de sa poche.

VOIX. – Et avant la prison.

ISMAËL. – J'étais en Syrie.

VOIX. – Ah bon ? Vous êtes un expat ?

ISMAËL. – Non, je suis musulman.

VOIX. – Ah… heu… oui… je vois… écoutez, ça va pas le faire, on ne va pas pouvoir vous aider. Vous pouvez sortir, s'il vous plaît.

ISMAËL. – Quoi ? Mais vous devez m'aider à me réinsérer, à m'intégrer.

VOIX. – Oui ben je suis pas Mère Teresa. Sortez, s'il vous plaît.

ISMAËL. – Quoi ? Mais je vais aller où ?

VOIX. – N'importe où, mais pas ici. Sortez ou j'appelle la sécurité.

ISMAËL. – Quoi ???

VOIX. – Sécurité ! Sécurité !!!!

Lumière ! Ismaël se lève et ouvre sa tenue. Il porte une bombe et tient le détonateur en main.

ISMAËL. – Vous n'avez rien pour moi ? Et là ? Hein, du coup t'as peur, là ! T'as raison d'avoir peur. T'avais déjà peur avant, mais là, c'est de la vraie peur. Hein, tu pleures ? Faut pas pleurer, dans quelques secondes tout sera fini. Plus de réinsertion, plus d'intégration. Tout sera désintégré, comme nous, comme nous l'avons toujours été, depuis le début. Allez, ferme les yeux, n'aie pas peur, ça va pas faire mal.

Ismaël fait mine d'appuyer sur le détonateur. Ben entre sur scène, côté jardin, habillé de noir.

ISMAËL. – Ben !!!

BEN. – Vas-y mon frère, ce monde va mal. Y'a jamais eu de place pour nous, mon frère, on ne nous a jamais aimés, mon frère. On a toujours été seuls, mon frère. Seuls, sans personne pour nous comprendre, nous aider, nous prendre par la main, nous serrer. Vas-y, mon frère, ils n'ont que ce qu'ils méritent, mon frère. Fais-les tous entrer dans la lumière. Et rejoins-moi, mon frère, rejoins-moi là où coulent les ruisseaux de miel, rejoins-moi dans les jardins éternels. Termine notre travail, fais ce que nous n'avons pas pu faire. Fais-leur mal comme ils nous ont fait mal, fais-les souffrir comme ils nous ont fait souffrir. T'as vu mon frère, ils ne veulent pas de nous. Ils se foutent de nous. Nous ne sommes que des citoyens de seconde zone. Rejoins-moi mon frère, reste avec moi mon frère, fais-leur voir notre force, mon frère. Dieu est avec nous, Dieu est avec les martyrs, mon frère. Sois fier, sois courageux. Vas-y mon frère, vas-y mon frère, fais-le, mon frère.

Ismaël regarde le détonateur, il l'approche de lui. Au moment où il va appuyer, Reda entre, côté cour, habillé de blanc.

REDA. – Mon frère, laisse tomber ta rage, mon frère, tout ça ne sert à rien, mon frère.

ISMAËL. – Reda, mon Reda !

REDA. – Oui mon frère, fais la paix avec ton âme, mon frère, la haine ne résout rien, mon frère, je l'ai trouvé, le Coran, mon frère, et je l'ai lu pour nous deux, mon frère. On nous a menti, mon frère. Il ne parle que d'amour, mon frère, pas de guerre, pas de sang, pas de paradis pour les meurtriers de femmes, d'hommes et d'enfants, mon frère. Il n'y a que l'amour, mon frère. L'amour que j'ai pour toi, que j'ai pour Ben, que j'ai pour Valérie. Souviens-toi, Valérie, mon frère, ça pourrait être elle, là, devant toi, mon frère. On a été manipulés, mon frère, mais pas seulement par le système, les nôtres aussi, mon frère. Nous sommes victimes, mon frère, victimes d'un système qui nous dénigre, d'une société qui

TABLEAU 8 : BRUXELLES **65**

nous considère comme un problème alors que nous sommes la solution, d'une société qui n'investit pas dans les écoles où nous aurions appris notre Histoire, mon frère, l'Histoire de notre civilisation construite sur la connaissance, l'amour, la tolérance et le savoir, mon frère. Mais nous sommes aussi victimes des nôtres qui nous utilisent comme des moutons, qui profitent de notre ignorance. Alors, mon frère, dépose les armes, mon frère, fais la paix avec ton âme et regarde autour de toi. Le monde est plein de gens prêts à t'aimer, donne-leur juste une chance, mon frère. Ils sont comme nous, mon frère, leur sang est de la même couleur, mon frère, leurs larmes ont le même goût, et leur sourire la même lumière. Il faut donner pour recevoir, mon frère. Alors, donne, mon frère, donne-leur l'amour que nous n'avons pas eu, mon frère. Mais ne tombe pas dans la haine, il n'y a rien derrière la haine, rien. Mon frère, mon frère.

Ben et Reda sont debout et regardent Ismaël.

ISMAËL. – Je… je… je suis fatigué… je… par pitié… Aidez-moi !

Lumière blanche sur la salle.

Rideau.

Épilogue

Le rideau est tombé. La salle est debout et applaudit toujours. J'ai trois minutes pour essuyer mes larmes, me débarbouiller et revenir. C'est la première fois qu'on organise un débat après le spectacle. Depuis lors, on en a organisé plus de cent, mais aujourd'hui, c'est la première fois.

Ils sont huit cents dans la salle, je n'ai jamais vu autant de monde dans une salle. Tous des élèves de quinze ans. Ils sont surexcités à l'idée de pouvoir parler avec nous.

Je reviens sur scène, il y a un rabbin, un professeur de religion islamique et deux journalistes. Je m'installe, mes yeux sont encore embués. Un journaliste joue le rôle de modérateur. Il y a une ministre dans la salle et pas mal de journalistes qui viennent de toute l'Europe. Certains même du Mexique.

Je sens qu'il y a des enjeux derrière tout ça, mais je n'arrive pas encore à comprendre quoi.

Le modérateur lance les hostilités :

— Première question ?

Une élève se lève, elle tient un morceau de papier.

— Monsieur, au niveau de la problématique de la radicalisation…

Je sursaute et ne la laisse pas terminer.

— Heu… ça c'est pas ta question, vous l'avez préparée en classe ?

Elle me fait signe que oui. Je regarde le modérateur, je regarde la salle quelques secondes, mais des secondes qui ressemblent à des heures tellement la tension est palpable dans la salle. Je respire et me lance.

— Bon, voilà ce qu'on va faire, vous allez prendre toutes les questions que vous avez préparées et vous allez les jeter à la poubelle. Et vous allez nous poser les questions que vous voulez, personne ne sera puni, personne ne sera réprimandé, aucune question n'est interdite.

Un silence suivi d'un bruit sourd dans la salle. Des mains se lèvent de partout. Tout le monde veut poser une question. Les caméras de télévision s'enclenchent. Ce qui allait être un débat pompeux, préparé, se transforme en une arène où la société civile va parler. Mon directeur de tournée s'approche de moi.

— Isma, je viens de recevoir un SMS de la ministre. Ils te demandent d'arrêter de déconner, tu vas vers la catastrophe.

— Dis-leur que c'est trop tard, maintenant il faut assumer !

Et depuis, nous avons assumé plus d'une centaine de fois, des milliers de questions, des milliers de réponses, des élèves effrayés qui repartaient avec moins de peur, des adultes perdus qui repartaient avec plus de confiance.

Aucun tabou, pas de politiquement correct. Juste des questions.

Plus rien ne sera comme avant…

J'espère que cette histoire, ce voyage vous servira à vous aussi, élèves, professeurs, citoyens, à oser poser les questions même si elles n'ont pas de réponse.

Car finalement, ce qui compte, ce n'est pas la destination, mais le chemin, tant qu'on l'emprunte ensemble.

Ismaël Saidi

Librio +

Le dossier de l'élève

Des pages en + pour s'approprier le texte,
le comprendre sans notes, et s'exercer !

- Fiche élève 1 : En guise d'entrée en matière :
  rien n'est aussi simple qu'on croit.

a. L'auteur : de quelle nationalité est-il selon vous ?

b. Le titre : s'agit-il d'un mot français ? Quel est son sens ?

c. La couverture : que vous inspire la couverture ? À quelle ambiance vous attendez-vous quand vous voyez le dessin ? Donnez 5 thèmes dont vous pensez que la pièce va parler, ou qui correspondent aux émotions que vous éprouvez avant de l'ouvrir.

d. Où la pièce commence-t-elle vraiment ? À quoi voit-on qu'il s'agit d'une pièce de théâtre ? Autour de quel élément d'organisation est-elle construite ?

e. En ouvrant le livre, vous voyez tout de suite qui sont les personnages. L'un d'eux porte le nom de l'auteur de la pièce. Comment l'interprétez-vous ?

- Fiche élève 2 : Trois parcours singuliers
  pour un itinéraire (presque) commun.

1. Qui sont Ben, Ismaël et Reda ?
   Lecture des tableaux 1 et 2.
   Appuyez-vous sur des références précises au texte pour répondre aux questions suivantes ou pour remplir le tableau ci-dessous.

a. Quelle est l'origine géographique des personnages ? Quelle est leur religion ? Quelles sont leurs références culturelles ? Qu'en pensez-vous : êtes-vous surpris ?

b. Quels sont le tempérament et les caractéristiques psychologiques principales de chacun des personnages ?

c. Quelle est la place de chacun dans le groupe ?

Origine géographique	
Religion	
Références culturelles	
Caractère	
Place dans le groupe	

2. Comment en sont-ils arrivés là ?
   Quel but poursuivent-ils ?
   Lecture des tableaux 3, 4 et 6 jusqu'à la page 52.

   a. Résumez le parcours de chacun des personnages, en précisant quelles ont été les raisons de sa conversion à l'islam radical.

   b. Quel rapport chacun entretient-il avec sa vie passée ?

   c. Identifiez les points communs entre les différents parcours. Par quel intermédiaire se sont-ils trouvés en situation de renoncer à leurs désirs ?

   d. Le texte laisse-t-il penser que les personnages sont victimes de discrimination en raison de leur origine et de leur religion (tableau 6) ? Cela semble-t-il avoir joué dans leur départ ?

   e. Quel but poursuivent-ils en décidant de partir ?

   f. Pensez-vous qu'ils aient choisi de partir combattre en toute connaissance de cause ? Expliquez pourquoi en vous appuyant sur le texte.

3. La rencontre avec l'ennemi. Lecture du tableau 5.

   a. Quelles sont les premières réactions de Ben, Ismaël et Reda face à la détresse de Michel ?

   b. En quoi se méprennent-ils sur l'identité de Michel ? Sur quelles confusions leur méprise repose-t-elle ?

   c. Que révèle cette scène sur l'engagement des trois personnages dans la guerre ?

   d. Que nous apprend cette scène sur ce qui peut favoriser la violence et sur ce qui, au contraire, peut la maintenir à distance ?

   e. Lequel des trois héros vous paraît le plus intéressant dans cette scène ? Pourquoi ?

<table>
<tr><td colspan="2" align="center">**Vocabulaire**</td></tr>
<tr><td>a.</td><td>Un stéréotype désigne une généralité, une représentation simplifiée concernant une catégorie d'individus, un pays, une culture, une profession... Exemple : les Belges aiment les frites. Un stéréotype peut contenir une part de vérité. Mais pourquoi faut-il s'en méfier ? Trouvez un synonyme de *stéréotype*.</td></tr>
<tr><td>b.</td><td>Comment est composé le mot *préjugé* ? Quel est son sens, en quoi est-il différent du mot précédent ?</td></tr>
<tr><td>c.</td><td>Une doctrine est l'ensemble des idées qu'un parti, une religion affirme être vraies. Que signifie *endoctriner* ?</td></tr>
<tr><td>d.</td><td>Qu'est-ce que le prosélytisme ?</td></tr>
<tr><td>e.</td><td>Quel est l'antonyme de l'adjectif *radical* ?</td></tr>
<tr><td>f.</td><td>Quelle est l'étymologie du mot *martyr* ? (Quelle est la différence entre *martyr* et *martyre* ?)</td></tr>
</table>

4. Que découvrent-ils ? Lecture des tableaux 6 (à partir de la page 53) et 7 + reprise des tableaux 4 et 5.

a. Que font les trois personnages une fois plongés dans la guerre ?

b. Cette expérience de la guerre correspond-elle à ce qu'ils attendaient ? Pourquoi ?

c. Ont-ils des regrets ? Comment les expriment-ils ?

d. Que comprennent-ils sur leur rapport à leur religion ?

e. Quel est finalement le sort qui attend chacun des personnages ? Qu'en pensez-vous ?

5. Le choix d'Ismaël... Lecture du tableau 8.

a. Quelles difficultés Ismaël rencontre-t-il à son retour ? Quel effet produit la voix ?

b. Selon vous, Ismaël avait-il prévu ces difficultés ? Qu'est-ce qui peut le laisser penser ?

c. Que pensez-vous de l'argument suivant employé par Ben pour inciter Ismaël à appuyer sur le détonateur : « Fais-leur mal comme ils nous ont fait mal, fais-les souffrir comme ils nous ont fait souffrir. » ? Sur quels préjugés repose-t-il ?

d. Reformulez les arguments contradictoires de Reda. Qu'en pensez-vous ? Cela est-il totalement en accord avec ce que disait le personnage précédemment ?

e. Dans la tragédie, les héros sont des personnages soumis à un destin, à une fatalité qui pèse sur leurs épaules et à laquelle ils ne peuvent échapper. Peut-on dire de ce point de vue qu'Ismaël est un personnage tragique ?

f. D'après vous, que signifie son appel à l'aide ? Que va-t-il faire ?

■ Fiche élève 3 : Cette pièce vous a-t-elle touché(e) ? Pourquoi ?

1. L'efficacité de la forme théâtrale.

a. Selon vous, quelles scènes doivent être particulièrement marquantes quand elles sont représentées ? Pour quelles raisons ?

b. Que pensez-vous de cette phrase de Ben adressée à Ismaël à propos de l'histoire de Reda (page 37) : « Et puis elle est pas triste son histoire. Regarde où elle l'a amené », et du silence dont elle est suivie ?

c. Que permet la magie du théâtre dans la dernière scène ? Quel intérêt cela présente-t-il ?

2. Entre comédie et tragédie : parler de sujets graves avec humour.

a. Peut-on dire que la pièce est comique ? Expliquez pourquoi, surtout si vous hésitez. Donnez des exemples de ce qui vous a fait rire ou de ce qui vous semble empêcher qu'on la qualifie de comique.

b. L'humour est-il davantage présent au début ou à la fin de la pièce ? Pourquoi ?

c. Quelles autres émotions avez-vous éprouvées ? Le comique vous a-t-il empêché de ressentir autre chose ? Essayez de qualifier vos émotions (tristesse, horreur, peur, empathie, inquiétude, etc.) À quoi l'humour sert-il dans la pièce ?

3. L'histoire et les enjeux d'une création théâtrale.

Pour répondre aux questions suivantes, vous vous appuierez sur le prologue et l'épilogue.

a. Peut-on faire des liens entre l'auteur et ses personnages ? Lesquels ?

b. Quel événement a bouleversé les projets de l'auteur ?

c. Qu'est-ce qui le sépare fondamentalement de ses personnages ?

d. Que vous apprend l'épilogue ? Selon vous, pourquoi est-ce là-dessus que le texte s'achève ? Faudrait-il le conserver lors d'une représentation ?

e. Relevez des citations de la pièce qui vous paraissent bien exprimer les combats menés par l'auteur, et précisez lesquels.

4. Travaux d'écriture (et d'art plastique ou numérique).

À partir de votre étude de la pièce :

a. Vous rédigerez un article pour rendre compte de l'intérêt de cette lecture ou de sa représentation.

b. Vous réaliserez une affiche en vue d'une représentation de *Djihad*.

c. Vous écrirez une lettre à l'auteur pour lui faire part de vos réactions.

5. Mise en voix et en scène : tableau 5.

a. Identifiez les différents moments de la scène et dites s'ils sont plutôt apaisés ou conflictuels.

b. Nommez les émotions successives des personnages.

c. Réfléchissez au rôle de la musique dans la scène : quand faut-il la faire entendre, l'arrêter, pourquoi ?

d. Comment peut-on tenir compte du décor proposé par les didascalies avec des moyens matériels très limités ? Que pourrait-on imaginer ? Réfléchissez notamment à la façon de représenter la statue. Qu'en sera-t-il également des accessoires, les armes notamment, et du cadavre de la femme ?

e. Apprendre les dialogues pour pouvoir jouer la scène.

5. Écriture d'invention : le choix d'Ismaël.

Imaginez un monologue d'Ismaël pour expliquer sa décision de renoncer définitivement à la violence. Vous vous appuierez sur les arguments de Reda (et de Ben en les réfutant), sur l'expérience de la guerre que les personnages ont faite et sur vos propres idées.

■ Fiche élève 4 : Pour aller plus loin...

a. En quoi ces textes de la période des Lumières sont-ils toujours d'actualité ?

b. Quels liens pouvez-vous établir avec la pièce d'Ismaël Saidi ?

c. De quel personnage de la pièce le Huron peut-il sembler proche ? Pourquoi ? Qu'est-ce qui fait la force de ce personnage ?

1. Voltaire, *Traité sur la tolérance*, chapitre XXXIII, 1763.

PRIÈRE À DIEU.

Ce n'est donc plus aux hommes que je m'adresse ; c'est à toi, Dieu de tous les êtres, de tous les mondes, et de tous les temps : s'il est permis à de faibles créatures perdues dans l'immensité, et imperceptibles au reste de l'univers, d'oser te demander quelque chose, à toi qui as tout donné, à toi dont les décrets sont immuables comme éternels, daigne regarder en pitié les erreurs attachées à notre nature ; que ces erreurs ne fassent point nos calamités. Tu ne nous as point donné un cœur pour nous haïr, et des mains pour nous égorger ; fais que nous nous aidions mutuellement à supporter le fardeau d'une vie pénible et passagère ; que les petites différences entre les vêtements qui couvrent nos débiles corps, entre tous nos langages insuffisants, entre tous nos usages ridicules, entre toutes nos lois imparfaites, entre toutes nos opinions insensées, entre toutes nos conditions si disproportionnées à nos yeux, et si égales devant toi ; que toutes ces petites nuances qui distinguent les atomes appelés *hommes* ne soient pas des signaux de haine et de persécution ; que ceux qui allument des cierges en plein midi pour te célébrer supportent ceux qui se contentent de la lumière de ton soleil ; que ceux qui couvrent leur robe d'une toile blanche pour dire qu'il faut t'aimer ne détestent pas ceux qui disent la même chose sous un manteau de laine noire ; qu'il soit égal de t'adorer dans un jargon formé d'une ancienne langue, ou dans un jargon plus nouveau ; que ceux dont l'habit est teint en rouge ou en violet, qui dominent sur une petite parcelle d'un petit tas de la boue de ce monde, et qui possèdent quelques fragments arrondis d'un certain métal, jouissent sans orgueil de ce qu'ils appellent *grandeur* et *richesse,* et que les autres les voient sans envie : car tu sais qu'il n'y a dans ces vanités ni de quoi envier, ni de quoi s'enorgueillir.

Puissent tous les hommes se souvenir qu'ils sont frères ! qu'ils aient en horreur la tyrannie exercée sur les âmes, comme ils ont en exécration le brigandage qui ravit par la force le fruit du travail et de l'industrie paisible ! Si les fléaux de la guerre sont inévitables, ne nous haïssons pas, ne nous déchirons pas les uns les autres dans le sein de la paix, et employons l'instant de notre existence à bénir également en mille langages divers, depuis Siam jusqu'à la Californie, ta bonté qui nous a donné cet instant.

2. Voltaire, *L'Ingénu*, chapitre V, 1767.

L'Ingénu est un Huron, un Indien d'Amérique qui débarque en France et s'étonne des mœurs qu'il y découvre, en matière religieuse notamment.

Dès que monsieur l'évêque fut parti, l'Ingénu et Mlle de Saint-Yves se rencontrèrent sans avoir fait réflexion qu'ils se cherchaient. Ils se parlèrent sans avoir imaginé ce qu'ils se diraient. L'Ingénu lui dit d'abord qu'il l'aimait de tout son cœur, et que la belle Abacaba, dont il avait été fou dans son pays, n'approchait pas d'elle. Mademoiselle lui répondit, avec sa modestie ordinaire, qu'il fallait en parler au plus vite à monsieur le prieur son oncle et à mademoiselle sa tante, et que de son côté elle en dirait deux mots à son cher frère l'abbé de Saint-Yves, et qu'elle se flattait d'un consentement commun.

L'Ingénu lui répond qu'il n'avait besoin du consentement de personne, qu'il lui paraissait extrêmement ridicule d'aller demander à d'autres ce qu'on devait faire ; que, quand deux parties sont d'accord, on n'a pas besoin d'un tiers pour les accommoder. « Je ne consulte personne, dit-il, quand j'ai envie de déjeuner, ou de chasser, ou de dormir : je sais bien qu'en amour il n'est pas mal d'avoir le consentement de la personne à qui on en veut ; mais, comme ce n'est ni de mon oncle ni de ma tante que je suis amoureux, ce n'est pas à eux que je dois m'adresser dans cette affaire, et, si vous m'en croyez, vous vous passerez aussi de M. l'abbé de Saint-Yves. »

[...] L' « oncle » de l'Ingénu lui propose de lui léguer un prieuré pour qu'il s'y installe.

L'Ingénu répondit : « Mon oncle, grand bien vous fasse ! vivez tant que vous pourrez. Je ne sais pas ce que c'est que d'être sous-diacre ni que de résigner ; mais tout me sera bon pourvu que j'aie Mlle de Saint-Yves à ma disposition. – Eh ! mon Dieu ! mon neveu, que me dites-vous là ? Vous aimez donc cette belle demoiselle à la folie ? – Oui, mon oncle. – Hélas ! mon neveu, il est impossible que vous l'épousiez. – Cela est très possible, mon oncle ; car non seulement elle m'a serré la main en me quittant, mais elle m'a promis qu'elle me demanderait en mariage ; et assurément je l'épouserai. – Cela est impossible, vous dis-je ; elle est votre marraine : c'est un péché épouvantable à une marraine de serrer la main de son filleul ; il n'est pas permis d'épouser sa marraine ; les lois divines et humaines s'y opposent. – Morbleu ! mon oncle, vous vous moquez de moi ; pourquoi serait-il défendu d'épouser sa marraine, quand elle est jeune et jolie ? Je n'ai point vu dans le livre que vous m'avez donné qu'il fût mal d'épouser les filles qui ont aidé les gens à être baptisés. Je m'aperçois tous les jours qu'on fait ici une infinité de choses qui ne sont point dans votre livre, et qu'on n'y fait rien de tout ce qu'il dit : je vous avoue que cela m'étonne et me fâche. Si on me prive de la belle Saint-Yves, sous prétexte de mon baptême, je vous avertis que je l'enlève, et que je me débaptise. »